T0042250

Tito y Pepito

Lada Josefa Kratky

NATIONAL GEOGRAPHIC LEARNING | CENGAGE Learning®

Este es el pollito Pepito.

Ese gallo es su papito.

Este es Tito.

Tito es un patito.

Tito se mete en el agua.

Él sabe nadar bien.

Pepito ve a Tito y se mete en el agua.

Tito usa sus patitas y nada bien.

Pepito no sabe nadar. Dice:

—¡Tito, no puedo!

—¡Papi, no puedo! Ayúdame.

¡No puedo, papi!

—¡Pepito mío!
¡Los patitos nadan,
los pollitos no!